Ministère de l'agriculture Canada

Manuel contenant l'Acte de recensement

Et les instructions aux officiers du premier recensement du Canada, 1871

Ministère de l'agriculture Canada

Manuel contenant l'Acte de recensement

Et les instructions aux officiers du premier recensement du Canada, 1871

Réimpression inchangée de l'édition originale de 1871.

1ère édition 2024 | ISBN: 978-3-38814-522-8

Antigonos Verlag est une marque de Outlook Verlagsgesellschaft mbH.

Verlag (Éditeur): Outlook Verlag GmbH, Zeilweg 44, 60439 Frankfurt, Deutschland, info@outlook-verlag.de
Vertretungsberechtigt (Représentant autorisé): E. Roepke, Zeilweg 44, 60439 Frankfurt, Deutschland
Druck (Imprimerie): Libri Plureos GmbH, Friedensallee 273, 22763 Hamburg, Deutschland

MANUEL,

CONTENANT

"L'ACTE DU RECENSEMENT,"

ET LES

INSTRUCTIONS AUX OFFICIERS DU

PREMIER RECENSEMENT

DU

CANADA,

(1871.)

DÉPARTEMENT DE L'AGRICULTURE,
(BUREAU DU RECENSEMENT).

OTTAWA :
IMPRIMÉ PAR BROWN CHAMBERLIN,
Imprimeur de Sa Très Excellente Majesté la Reine.

1871.

VICTORIÆ REGINÆ.

CAP. XXI.

Acte concernant le premier recensement.

[Sanctionné le 12 Mai 1870.]

SA MAJESTÉ, par et de l'avis et du consentement du Sénat et de la Chambre des Communes du Canada, décrète ce qui suit : — *Préambu'e.*

1. Le premier recensement du Canada, qui devra être effectué en l'année mil-huit-cent-soixante-et-onze—et ci-dessous dénommé "le recensement"—le sera de manière à constater et indiquer, avec la plus grande précision possible, relativement à chacune des quatre provinces et à chacun de leurs districts électoraux et autres subdivisions reconnues, tous les renseignements statistiques de nature à pouvoir être convenablement recueillis et à figurer dans des tableaux, sur les sujets suivants, savoir : — leur population, classifiée selon l'âge, le sexe, l'état civil, le culte, le degré d'instruction, la nationalité, la profession et autres renseignements y relatifs ; les maisons et autres édifices, classifiés en habitations occupées, inoccupées, en voie de construction ou autrement ; les terrains occupés, indiquant s'ils constituent des villes, des villages ou des campagnes, et s'ils sont cultivés, non-cultivés ou autrement, et l'évaluation totale des biens mobiliers et immobiliers y situés ; le rendement, l'état et les produits de l'agriculture, des pêcheries, des forêts, des mines, des arts mécaniques, des manufactures, du commerce et des autres industries ; les institutions municipales, d'éducation, de charité et autres ; ainsi que tous les autres sujets qui pourront être indiqués dans les formules et les instructions émises tel que ci-dessous prescrit. *Renseignements qui seront constatés et indiqués par le recensement.*

2. Les particularités des renseignements en question, les formules dont l'on devra faire usage et le mode à suivre pour recueillir ces renseignements, et l'époque à laquelle ainsi que les *Détails, formules, mode à suivre, etc., seront pres-*

crits par le gouverneur en conseil.

dates au sujets desquelles le recensement devra être effectué, généralement, ou dans certaines localités devenant l'objet d'une exception spéciale à cet égard, seront déterminées par tels ordres qu'il plaira au gouverneur en conseil émettre par proclamation; pourvu toujours que l'époque fixée pour la confection du recensement ne sera pas plus tard que le premier jour de mai.

Proviso.

Formules, préparées par le ministre d'agriculture.

3. Le ministre d'agriculture fera préparer, imprimer et émettre toutes ces formules ainsi que toutes instructions relatives au recensement, qu'il jugera nécessaires, pour l'usage des personnes employées à la confection de ce recensement.

Le gouverneur en conseil divisera chaque province en arrondissements de recensement.

4. Le gouverneur en conseil divisera, par proclamation, chacune des quatre provinces en arrondissements de recensement, de manière à les faire correspondre, autant que possible, aux différents districts électoraux énumérés dans "l'acte de l'Amérique Britannique du Nord, 1867", mais il pourra les subdiviser, ou y ajouter des territoires adjacents, ou en grouper un certain nombre, en tout ou en partie, lorsque la chose sera jugée opportune, et constituer tout autre territoire non enclavé dans un district électoral, en autant d'arrondissements de recensement qu'il pourra croire à propos.

Et les arrondissements en sous-arrondissements.

5. Le gouverneur en conseil divisera de plus, par proclamation, chaque arrondissement de recensement, en sous-arrondissements de recensement, de manière à les faire correspondre, autant que possible, aux divisions municipales ou autres divisions reconnues, mais il pourra les subdiviser, ou y ajouter des territoires adjacents, ou en grouper un certain nombre, en tout ou en partie, lorsque la chose sera jugée opportune, et constituer tout autre territoire non enclavé dans ces divisions municipales ou autres, en autant de sous-arrondissements qu'il pourra croire à propos.

Un commissaire-recenseur par arrondissement.

6. Le gouverneur en conseil nommera un commissaire-recenseur pour chaque arrondissement de recensement.

Assistants qui pourront être nommés.

7. Lorsqu'il sera jugé nécessaire, il pourra être nommé, de par l'autorité du gouverneur en conseil, de la manière et avec les pouvoirs et attributions et les émoluments qui seront prescrits par ordre en conseil, un ou plusieurs assistants chargés d'aider les commissaires-recenseurs.

Enumérateurs dans chaque sous-arrondissement.

8. Il sera nommé, de par l'autorité du ministre d'agriculture, un ou plusieurs énumérateurs pour chaque sous-arrondissement de recensement, de la manière et sous les règlements qui seront prescrits par ordre en conseil ; et lorsqu'en chaque semblable cas, il sera nommé plus d'un énumérateur, les pouvoirs et les devoirs de ces énumérateurs au sujet des divisions territoriales ou autrement, leur seront assignés par instructions de la part du ministre d'agriculture.

9. Le ministre d'agriculture fera transmettre à chaque énumérateur les formules et les instructions nécessaires, et ce, par l'intermédiaire des commissaires-recenseurs.

10. Le commissaire-recenseur devra de plus veiller à ce que chaque énumérateur, sous son contrôle, comprenne parfaitement la manière dont il doit remplir les devoirs exigés de lui, et à ce qu'il apporte la plus grande diligence à l'exécution de ses fonctions.

11. Chaque énumérateur devra se présenter dans les maisons et recueillir personnellement des habitants, avec la plus grande précision possible, tous les renseignements statistiques qu'il sera tenu de recueillir, et nul autre ; et il en tiendra un registre fidèle, l'attestera par son serment et veillera à ce que le registre ainsi attesté soit dûment transmis au commissaire-recenseur sous le contrôle duquel il est placé, se conformant en tous points aux formules et instructions qui lui auront été délivrées.

12. Le commissaire-recenseur devra examiner tous ces registres et se convaincre par lui-même jusqu'à quel point chaque énumérateur à rempli les devoirs exigés de lui ; et il prendra note de toutes les défectuosités et inexactitudes apparentes qui se seront glissées dans ces registres, et se fera aider dans ce travail par les énumérateurs qui auront dressé ces registres,—et il les corrigera en tant qu'il sera jugé nécessaire et possible, indiquant dans tous les cas si ces corrections sont ou non approuvées par eux,—et il dressera, attesté par serment, un procès-verbal des délibérations intervenues à cet égard, lequel sera par lui transmis, en même temps que les registres en question, au ministre d'agriculture, se conformant en tous points aux formules et instructions qui lui auront été délivrées.

13. Le ministre d'agriculture fera examiner tous ces procès-verbaux et registres, et corriger, autant que possible, les défectuosités ou inexactitudes que l'on y pourra découvrir,—il devra se procurer, autant que faire se pourra, et en recourant aux voies et moyens qu'il jugera convenables, tous les renseignements statistiques nécessaires au complet achèvement du recensement, qui ne peuvent être ou ne sont pas fournis assez amplement et exactement par ces procès-verbaux et registres,—et il fera préparer, afin qu'ils puissent être soumis au Parlement sous le plus bref délai possible, des résumés et tableaux récapitulatifs de nature à indiquer les résultats du recensement aussi amplement et exactement que possible.

14. Chaque commissaire-recenseur, et chaque énumérateur, de même que toute autre personne commise à l'exécution du présent acte,—soit dans le but de recueillir les renseignements voulus par le recensement, ou de les reviser, compiler ou rédiger de toute autre manière, ou d'examiner toute question liée à la confection du recensement,—devra, avant d'entrer en fonctions, prêter et souscrire le serment de remplir fidèlement et ponctuellement ses devoirs, lequel serment sera d'après la formule et administré par la personne et déposé et enregistré de la manière prescrites par ordre en conseil.

15. Tout commissaire-recenseur, et tout énumérateur ou toute autre personne commise à l'exécution du présent acte, qui, de propos délibéré, manquera de se conformer aux exigences requises de lui par le présent acte, ou qui fera, de propos délibéré, un exposé faux à cet égard, sera coupable de délit.

16. Tout dépositaire d'archives ou de documents provinciaux, municipaux ou autres, ou d'archives ou documents de quelque corporation, auxquels il serait utile de recourir pour y puiser des renseignements voulus par le recensement, ou de nature à aider à les compléter ou corriger, devra accorder à chaque commissaire-recenseur, et à chaque énumérateur ou à toute autre personne à ce déléguée par le ministre d'agriculture, le libre accès à ces documents pour y puiser les renseignements en question; et tout tel dépositaire de ces documents qui, de propos délibéré ou sans excuse légitime, refusera ou négligera de ce faire, et quiconque, de propos délibéré, défendra ou cherchera à défendre l'accès à ces documents, ou qui de toute autre manière entravera ou cherchera à entraver toute personne employée dans la mise à exécution du présent acte, sera coupable de délit.

17. Quiconque, de propos délibéré ou sans excuse légitime, refusera ou négligera de remplir, au meilleur de sa connaissance et croyance, quelque tableau qu'il aura été requis de remplir par un énumérateur ou toute autre personne commise à l'exécution du présent acte—ou qui refusera ou négligera de le signer et délivrer ou transmettre de toute autre manière lorsque de ce requis—ou qui fera, signera, délivrera, ou transmettra, ou fera faire, signer, délivrer ou transmettre quelque réponse ou exposé faux relativement à quelques-uns des sujets énoncés dans ce tableau, sera passible pour ce fait d'une amende de pas moins de dix ni de plus de quarante piastres.

18. Quiconque, sans excuse légitime, refusera ou manquera de répondre, ou qui répondra faux à toute question qui lui aura été faite par un énumérateur ou par quelqu'autre personne commise à l'exécution du présent acte, dans le but de recueillir des renseignements voulus par le recensement, ou y relatifs, sera passible, chaque fois qu'il refusera ou manquera ainsi de répondre, ou que, de propos délibéré, il répondra faux, d'une amende de pas moins de cinq ni de plus de vingt piastres.

19. Les amendes ci-dessus imposées pourront être recouvrées d'une manière sommaire, à l'instance de tout commissaire-recenseur ou de tout énumérateur, ou de toute autre personne commise à l'exécution du présent acte, par devant un juge de paix ayant juridiction compétente dans la localité où la contravention a eu lieu, sur le serment de la partie poursuivante ou d'un témoin digne de foi ; et moitié de ces amendes appartiendra à la Couronne pour les besoins publics de la Puissance, et l'autre moitié au poursuivant, à moins qu'il n'ait été interrogé comme témoin pour prouver la contravention, auquel cas la totalité des amendes appartiendra à la Courronne pour les fins ci-dessus énoncées.

Pénalités,— leur recouvrement et emploi.

20. Lorsque le ministre d'agriculture le jugera opportun, il pourra, par instructions spéciales, enjoindre à tout commissaire-recenseur ou à toute autre personne commise à l'exécution du présent acte, d'instituer une enquête sous serment au sujet de toute matière liée à la confection du recensement ou à la constatation ou correction des défectuosités et inexactitudes qui pourraient s'y trouver ; et le commissaire ou toute autre personne comme il est dit ci-haut, aura dès lors le même pouvoir que celui conféré à tout tribunal dans les causes civiles, d'assigner toute partie ou tous témoins, de les contraindre à comparaître et de les obliger à rendre témoignage sous serment, de vive voix ou par écrit, et de produire les documents et papiers qu'il croira nécessaires pour parfaire l'enquête en question.

Le ministre d'agriculture pourra ordonner la tenue d'enquêtes au sujet du recensement ; pouvoirs etc., des comissaires ou autres chargés de telles enquêtes.

21. Toute lettre apparemment (*purporting to be*) signée par le ministre d'agriculture, ou par son député, ou par tout autre individu à ce autorisé par ordre en conseil, et destinée à annoncer sa nomination ou sa destitution à quelque personne commise à l'exécution du présent acte, ou à lui communiquer certaines instructions,— et toute lettre signée par un commissaire-recenseur, ou par tout autre individu à ce dûment autorisé, et destinée à annoncer sa nomination ou sa destitution à quelque personne ainsi employée sous le contrôle du signataire, ou à lui transmettre certaines instructions,— fera foi *primâ faeie* de la nomination, destitution, ou des instructions en question, et du fait que la lettre a été signée et adressée comme elle le comporte.

Certaines lettres, etc., feront foi *primâ facie* de la nomination, destitution, etc.

22. Tout document ou papier, écrit ou imprimé, étant apparemment une formule autorisée pour la confection du recensement, ou contenant des instructions y relatives, qui sera produit par toute personne commise à l'exécution du présent acte, comme telle formule ou comme contenant ces instructions, sera présumé avoir été fourni par l'autorité compétente à la personne qui en fera la production, et fera foi *primâ facie* des instructions y énoncées.

Même dispositif quant aux formules et instructions.

23. Le fait qu'un énumérateur aura déposé dans une maison, ou partie de maison, quelque tableau apparemment (*purporting to be*) dressé sous l'autorité du présent acte,—et sur lequel sera inscrit

Le fait que l'énumérateur a déposé un tableau sera

<table>
<tr><td></td><td>un avis à l'effet qu'il doit être rempli et signé dans un certain délai par l'occupant ou, en son absence, par quelqu'autre membre de la famille,—sera présumé une intimation suffisante à l'occupant, bien que n'étant pas nommé dans l'avis ou bien qu'il ne lui ait pas été signifié personnellement, de remplir et signer ce tableau.</td></tr>
<tr><td></td><td>24. Le ministre d'agriculture fera préparer un ou plusieurs tarifs des honoraires ou émoluments accordés aux différents commissaires-recenseurs et aux énumérateurs commis à l'exécution du présent acte,—ces honoraires ou émoluments ne devant pas cependant excéder en totalité, la somme de trois piastres pour chaque jour utilement et effectivement consacré, sur preuve, au service, dans le cas de tout énumérateur, ou de quatre piastres pour chaque jour ainsi employé, dans le cas de tout commissaire-recenseur ; et ces tarifs, une fois approuvés par ordre en conseil, seront soumis au Parlement le ou avant le premier jour de mars mil huit cent soixante-et-onze, si le Parlement est alors en session, sinon dans les premiers quinze jours de la session alors prochaine.</td></tr>
<tr><td></td><td>25. Ces honoraires ou émoluments seront payés aux différents ayant-droit de la manière que le gouverneur en conseil l'ordonnera, mais le paiement n'en sera effectué que lorsque l'ayant-droit aura fidèlement et entièrement accompli ses travaux.</td></tr>
<tr><td></td><td>26. Ces honoraires et émoluments, de même que toutes les dépenses à encourir pour la mise à exécution du présent acte, seront acquittés sur les crédits votés à cet effet par le Parlement.</td></tr>
<tr><td></td><td>27. Un rapport circonstancié de toutes les choses accomplies en vertu du présent acte, ainsi qu'un état de toutes les sommes dépensées sous son autorité, seront soumis au Parlement dans les quinze premiers jours de la prochaine session et de chaque session subséquente, jusqu'à ce que toutes les exigences du présent acte aient été complètement remplies.</td></tr>
<tr><td></td><td>28. Le mot " maison", usité dans le présent acte, comprend les navires, vaisseaux ainsi que les autres habitations ou résidences de tous genres.</td></tr>
<tr><td></td><td>29. Nulle disposition énoncée dans " l'acte du service civil du Canada, 1868," ne sera censée s'appliquer aux nominations, emplois ou services relevant du présent acte.</td></tr>
<tr><td></td><td>30. Sont par le présent abrogées les vingt-quatre premières sections du chapitre trente-trois des statuts refondus de la ci-devant province du Canada,—toutes les dispositions du chapitre trente-cinq des statuts revisés de la Nouvelle-Ecosse, ayant trait à la confection du recensement,—ainsi que tous les autres actes et parties d'actes en vigueur dans les provinces et se rattachant à un recensement.</td></tr>
</table>

31. Le présent acte pourra être cité sous le titre de " l'*Acte du recensement*"; et toutes les choses légalement accomplies ou devant l'être en vertu de quelque proclamation, de quelqu'ordre en conseil ou d'instructions prévues par le présent acte, seront censées accomplies ou comme devant l'être, et pourront être alléguées comme étant accomplies ou devant l'être sous l'autorité du présent acte.

Titro abrégé
du présent
acte, etc.

INSTRUCTIONS AUX OFFICIERS.

CHAPITRE I.

REMARQUES PRELIMINAIRES.

Le but d'un recensement est de s'assurer, aussi exactement que possible, du chiffre de la population et des ressources d'un pays, et par là donner une juste idée de ses forces et de ses moyens.

Le recensement n'a pas pour objet l'imposition des taxes, comme, malheureusement, bien des personnes se l'imaginent. Il est fait simplement pour des fins d'administration : les résultats qu'il fournit, ainsi que les résultats de toute recherche statistique, sont directement liés à la science administrative, qui présuppose une connaissance générale des besoins et des moyens, des défauts et des avantages du pays recensé, présentés numériquement.

Tel étant le but d'un recensement et des statistiques, il s'ensuit qu'il est du devoir et de l'intérêt de chaque citoyen d'y prêter son appui, afin d'obtenir un exposé honnête et exact des faits.

Il est une erreur dans laquelle tombent bien des personnes, c'est de s'imaginer que les tableaux du recensement peuvent, soit leur servir comme d'annonces, soit préjudicier à leurs intérêts suivant le cas. Le fait est, cependant, que ces tableaux ne sont jamais vus que par les officiers chargés de faire et de résumer le recensement, lesquels, outre qu'ils sont tenus par leur serment d'office de ne divulguer aucun renseignement concernant les individus, n'ont nul souci de s'arrêter aux renseignements personnels que ces tableaux contiennent.

On prend les noms, dans le recensement, comme une garantie de l'exactitude des données fournies et afin de permettre le contrôle des renseignements inscrits.

En étudiant l'énoncé des préceptes qui ont trait à la matière des recensements, il faut toujours se rappeler que les questions qu'on y pose ne peuvent comprendre tous les sujets intéressants, mais doivent se restreindre aux choses d'une importance générale. Tels sont les sujets qui se rapportent généralement à toute la population et aux diverses localités qui forment les parties constituantes du pays. On est même forcé d'omettre certains faits d'un haut intérêt, tant à cause des complications qu'ils entraînent, que de la nécessité qu'il y a de limiter le nombre de questions demandées. On peut cependant acquérir la connaissance des faits de cette nature, (si on le juge nécessaire,) au moyen d'enquêtes faites en même temps que celles qu'exige le recensement, mais distinctes toutefois des tableaux généraux. Telles sont, par exemple, les statistiques médicales, qui comprennent l'invasion et la prévalence des maladies, l'état hygiénique des maisons et des édifices consacrés aux réunions publiques, l'examen de la proportion relative des infirmités, la folie sous ses divers aspects, etc., etc. Telles sont aussi les statistiques commerciales, comprenant la navigation, les chemins de fer, les canaux, etc., etc.

Les personnes, de même que les localités ont leurs préférences marquées et leurs intérêts particuliers ; mais il faut se résigner à subir la loi de la nécessité, ainsi qu'expliquée ci-haut : il serait tout à fait impossible d'inscrire chaque détail et de faire toutes les recherches.

L'évaluation des choses ne sera pas donnée dans les tableaux, excepté pour ce qui a trait au dénombrement des établissements industriels, pour lesquels l'énumération des objets est souvent impossible, en raison de leur multiplicité, entraînant ainsi la nécessité d'inscrire la valeur collective. Dans tous les autres cas, il est évident qu'une évaluation du genre, faite par des officiers qui ne sont point évaluateurs, mais qui ont simplement pour mission d'enregistrer les réponses qu'on fait aux questions posées d'avance, ne serait revêtue d'aucun caractère d'exactitude. Il est beaucoup mieux, conséquemment, de faire, de l'évaluation collective des propriétés foncières et mobilières, la matière d'une enquête spéciale, en établissant les prix moyens des choses recensées comme objets.

Quelque soit le plan que l'on adopte pour la confection du recensement, quelque soit la nature des recherches que l'on se propose de faire au moyen des tableaux, quelque soit le soin que l'on consacre à la préparation de ces derniers et à l'enregistrement des réponses, il faut bien se convaincre que l'on rencontrera dans la pratique bien des difficultés et des embarras ; l'affaire est de les surmonter du mieux possible.

Le succès des opérations du recensement, qui consiste à obtenir un rapport vrai de l'état des choses, dépend de trois conditions, dont l'absence ne peut manquer d'affecter le résultat dans la mesure exacte de pareil déficit ; ces trois conditions reposent ;

1o. Sur l'adoption d'un bon système servi par un personnel administratif intelligent et dévoué ;

2o. Sur un choix d'énumérateurs intelligents, honnêtes, laborieux et bien préparés ;

3o. Sur une population honnête bien disposée et désireuse de fournir les réponses aux questions posées.

Sur ce continent les difficultés que présente la confection d'un recensement sont bien plus grandes et plus nombreuses que dans certains pays d'Europe, cela est dû à la différence de l'organisation sociale et du mécanisme administratif à quoi s'ajoute l'état de dispersion de la population sur d'immenses surfaces territoriales. Il résulte que les opérations d'un recensement demandent plus de soin et plus d'activité dans ce pays, de la part des officiers de tous grades qui en sont chargés, et une co-opération plus active de la part du public en général.

CHAPITRE II.

SYSTÈME ADOPTÉ.

La série des tableaux adoptés se compose de neuf cahiers d'une grandeur convenable, facile par conséquent à transporter et à manœuvrer ; lesquels seront pour plus de commodité renfermés dans un portefeuille : chacun de ces tableaux à trait à des objets de même ordre, évitant ainsi la confusion qui nait du mélange des renseignements d'ordres divers ; ce qui a permis de multiplier les questions, sans augmenter proportionellement l'ouvrage des énumérateurs ;

Le sens des tableaux est exposé par ce Manuel qui, accompagné d'un Tableau-Exemple, explique chaque colonne et donne des instructions dont le but est d'aider aux officiers à vaincre les difficultés que l'on rencontre invariablement dans la pratique.

Ce Tableau-Exemple est destiné à servir de modèle aux énumérateurs, dans l'enregistrement des faits dont ils auront à s'enquérir ; mais les détails de cet exemple ne sont point faits en vue de tenir compte des proportions d'âge, de sexe, de naissances et de morts, non plus que des circonstances locales consignées en tête des différents feuillets, comme se rapportant aux faits imaginaires enregistrés ; les seules parties connexes, dans ce Tableau-Exemple, sont celles qui font suite au nom de chaque chef de famille d'un tableau à l'autre.

Les tableaux de recensement seront communiqués au public sous forme condensée. quelque temps avant de commencer la confection du recensement, afin que chacun puisse se mettre au courant des différentes questions auxquelles la loi l'oblige à répondre et de se préparer ainsi d'avance à recevoir la visite de l'énumérateur, soit en mettant ses réponses par écrit, soit en les gravant dans sa mémoire, soit en laissant ses instructions à son domicile, prevenant par là les erreurs qui résulteraient d'un interrogatoire subit, et abrégeant le temps requis pour l'inscription des réponses.

On a fait choix de treize Officiers de recensement dans les quatre provinces du Canada, comme suit, savoir :—5 pour Ontario, 4 pour Québec, 2 pour la Nouvelle-Ecosse et 2 pour le Nouveau-Brunswick, lesquels ont fait, à la capitale, un assez long séjour qu'ils ont consacré à l'étude des questions qui se lient à la matière des recensements; ils ont aidé aux travaux préliminaires et à l'adoption finale des tableaux et des instructions. Ces messieurs doivent se rendre, chacun dans les districts qui lui ont été assignés, pour se mettre en rapport avec les commissaires, leur communiquer le résultat de leurs recherches et de leurs études, et généralement représenter le Département au dehors.

Leur conférence avec les Officiers du recensement finie, et lorsqu'ils auront une connaissance parfaite des tableaux, du Manuel et des détails de la confection du recensement, les Commissaires devront alors entrer en conférence avec les énumérateurs de leurs districts respectifs, afin de les faire passer (les énumérateurs) par le même cours d'instruction.

Par la mise en pratique d'un pareil système, toutes les mesures à prendre seront suivies d'une manière uniforme, du Département à l'Officier du recensement, de celui-ci au Commissaire, et de ce dernier à l'Enumérateur.

Il y a lieu d'espérer, qu'à l'aide de telles études préliminaires et la mise à exécution d'un tel système d'instruction, chaque officier chargé des travaux du recensement, sera parfaitement préparé pour remplir ses devoirs, quand le temps sera venu de les accomplir. Dans tous les cas, cette méthode paraît la seule qui puisse préparer la voie à la bonne exécution du Recensement.

Le devoir fait, par la loi au Département, de diviser les diverses Provinces de la Confédération, en Districts et en Sous-Districts de Recensement, a nécessité beaucoup de recherches et de travaux auxquels les Officiers du Recensement ont pris une part active.

On a mis un grand soin à partager le pays en Districts de la manière la plus convenable possible, non seulement en vue du Recensement, mais encore en vue des besoins statistiques futurs. Pour plus de précision et pour augmenter les garanties d'exactitude, on a fait confectionner, pour chaque Commissaire du Recensement, une carte-croquis de son

District, sur laquelle carte les Sous-Districts et les portions de Territoire assignées à chaque énumérateur sont ou seront désignés.

CHAPITRE III.

INSTRUCTIONS GENERALES.

Le principe adopté pour le dénombrement de la population est celui de la *Population de droit*, c'est-à-dire qu'on tient être la vraie population du pays celle qui est domiciliée sur le territoire canadien, en y comprenant tous ceux qui pourraient être temporairement absents de leurs foyers, soit en voyage, soit en promenade, soit à l'étranger, soit à la mer ou dans les forêts.

Chacun doit être enregistré dans sa province et dans sa localité, c'est-à-dire dans la division de recensement où se trouve située la maison de son père, ou la famille dont il est chef ou dont il est membre, sans tenir compte de son absence, ainsi qu'il vient d'être dit.

Voici, sur la matière, quelques instructions destinées à éclairer les employés du recensement, sur la mise en pratique de ce principe de dénombrement.

Sont considérés comme présents, au sein de la famille, pour toutes les fins du recensement et par conséquent sujets à l'enregistrement, tous les marins et pêcheurs à la mer ou sur la côte, tous les forestiers et chasseurs dans la forêt. tous les marchands, les hommes de métier, les journaliers, les voyageurs, les étudiants et tous autres absents du logis, mais sans domicile fixe ailleurs ; attendu que pour faire cesser le lien domiciliaire, qui constitue la famille de dénombrement, il faut avoir fixé son séjour ailleurs, permanemment et avec intention de ne jamais revenir. Ainsi, encore une fois, le marin, l'étudiant, l'écolier, les malades à l'hopital, toutes lés personnes temporairement internées dans les Institutions d'éducation, de charité ou les prisons, doivent être inscrits dans leur province et leur localité au foyer de la famille, quelque soit la cause de l'absence et la distance qui les sépare du séjour commun.

Quand un énumérateur rencontre une personne dont le domicile est en dehors de sa division, il ne doit pas l'enregistrer, parceque cette personne appartient à la population d'une autre localité.

Les serviteurs peuvent se partager en trois catégories, sujettes au dénombrement en la manière qui suit :

1o. Les serviteurs ayant eux-mêmes une famille et une

habitation à eux au pays doivent être enregistrés à ce domicile de leur famille :

2o. Les serviteurs sans familles, ou dont les familles ne sont point domiciliées en Canada, doivent être enregistrés comme faisant partie de la famille de leur maître :

3o. Les serviteurs permanemment employés et résidant (à l'exclusion de tout autre domicile) avec leurs maîtres doivent aussi être enregistrés au domicile du maître.

Il y a des personnes qui n'ont point de liaisons de famille au pays, non plus que de domicile d'aucune espèce, ceux-ci, évidemment, doivent être enregistrés dans l'endroit où on les rencontre, à bord d'un navire, dans les chantiers, dans les établissements publics ou les maisons privées où ils résident pour le moment. A cette classe appartiennent les personnes sans familles à eux et n'étant attachés à aucune famille, allant en service, de place en place, les orphelins maintenus dans les orphelinats ou chez des particuliers, les infirmes, les malades, les prisonniers qui ne sont ni pères ni fils de famille en Canada, n'ayant point d'autre domicile que leur résidence du moment, les prisonniers condamnés à vie, etc., etc.

Une famille, dans le sens attaché à ce mot pour les fins du recensement, peut n'être composée que d'une seule personne vivant seule et, d'autre part, d'un nombre quelconque de personnes vivant ensemble sous le même toit et nourries à la même cuisine, par exemple : Un homme, disons un marchand, ou bien une femme, disons une couturière, vivant seuls, chacun à son apart dans une maison séparée ou dans une partie distincte d'une maison, constitueront chacun une famille, tandis qu'un nombre quelconque de personnes, dont plusieurs peuvent n'être point parents, mais vivant ensemble dans une maison de pension et n'appartenant point à une famille domiciliée, ne constitueront qu'une seule famille. La famille, pour le recencement, se constitue par le domicile, et le chef de famille s'entend du Père, de la Mère, du maître ou de la maîtresse de la maison, quelqu'ils soit.

L'enregistrement de la population et des autres renseignements requis doit être un rapport de l'état des faits, tels qu'existant au jour du Deux d'Avril 1871.

Les renseignements qui se rapportent à la production de l'année dernière écoulée, doivent dater de ce même jour du Deux d'Avril.

Les entêtes des colonnes font voir quels sont les renseignements qui appartiennent à cette dernière catégorie

D'après ce qui précède, il est facile de voir que toute personne qui était vivante le Deux d'Avril doit être enregistrée comme faisant partie de la population dénombrée, alors même qu'elle n'existerait plus au temps de la visite de l'énumérateur, et que, par contre, tous les enfants nés après le Deux d'Avril 1871, n'ont point à être enregistrés par l'énumérateur.

Les honoraires des commissaires et des énumérateurs ont été réglés par Son Excellence le Gouverneur en Conseil, conformément à la 24me section de l'acte du recensement ; mais il ne sera fait aucun paiement de ces honoraires avant que l'ouvrage ait été complété d'une manière satisfaisante, et qu'on se soit assuré que tous les devoirs imposés à ces divers officiers ont été duement accomplis.

Les explications qui vont suivre, sur chaque tableau et sur chaque colonne de ces tableaux, suffiront, avec le Tableau—Exemple qui les accompagne, à mettre les employés du recensement au fait des principales difficultés qu'ils pourraient rencontrer dans l'exécution de leurs tâches respectives.

L'enregistrement des données du recensement doit être fait par l'énumérateur lui-même, de sa main, allant de maison en maison et prenant ainsi, avec une scrupuleuse exactitude, les réponses aux questions posées dans les têtes de colonne.

Le renseignement, que l'on devra enregistrer dans chaque cas, doit être la réponse vraie de la personne à laquelle on pose la question ; l'énumérateur ne doit pas prendre sur lui de rien insérer qui n'ait été dit et distinctement reconnu par la personne donnant le renseignement. Ce serait se rendre coupable d'un acte criminel que d'inscrire quelque chose qui serait contraire aux déclarations faites ; mais l'énumérateur devra se faire un devoir d'aider la personne qu'il interroge en lui indiquant toute erreur ou toute omission apparentes, et, dans tous les cas, il devra relire les réponses qu'il aura consignées sur ses tableaux, afin de s'assurer de l'exactitude de l'enregistrement inscrit.

Dans le cas de refus de répondre aux questions ou dans le cas de réponses évidemment contraires à la vérité des faits, il est du devoir de l'énumérateur de mettre la personne ainsi compromise en garde contre les conséquences d'une pareille conduite ; au cas qu'elle persisterait, il serait de son devoir de l'amener en justice.

L'énumérateur a pour fonction d'enregistrer les réponses, telles que données aux questions posées ; mais il doit exercer ses fonctions avec intelligence et conscience, et non comme une simple machine, ayant soin d'être en garde contre l'erreur ou la fraude.

Quand l'énumérateur se verra en face de difficultés (chaque énumérateur rencontrera des difficultés), il devra s'en tirer de la meilleure manière possible, en prenant pour guide la loi et le présent Manuel, et s'efforçant :

3

1 ° De n'omettre rien d'important,
2 ° De ne pas enregistrer deux fois le même fait,
3 ° De ne rien exagérer.
4 ° De ne rien amoindrir.

L'étude attentive de ce manuel et l'examen préliminaire des circonstances de la localité qui lui est assignée comme champ d'opération, sont les meilleurs moyens qu'ait un énumérateur de se mettre à la hauteur de ses devoirs.

Au fait, un bon énumérateur doit connaître à l'avance, d'une façon générale, les circonstances de toutes les familles de sa division.

La discrétion et la patience doivent caractériser les rapports entre le public et les énumérateurs, de la part de ces derniers qui ont pour devoir de répondre poliment et de manière à satisfaire à toutes les questions qu'on leur fait.

Si quelqu'un témoignait quelque crainte ou quelqu'hésitation à donner ses réponses, il faudrait le convaincre qu'aucun renseignement qu'il peut donner, qu'aucun détail inscrit dans les tableaux ne peuvent le compromettre en quoique ce soit, ni affecter sa position et ses affaires. L'énumérateur agit sous serment, et il est de son devoir de garder le plus profond secret, tant en ce qui regarde les renseignements qui lui sont donnés de vive voix, que ceux qui sont inscrits dans les tableaux : Il lui est défendu de montrer ces derniers ou d'en communiquer la substance à qui que ce soit, à l'exception de l'officier et du commissaire de son propre district, qui eux aussi agissent sous serment, et à qui il est défendu de ne rien communiquer à qui que ce soit sous aucuns prétextes.

Les Officiers, Commissaires et Énumérateurs ne doivent, en aucun temps, se permettre de donner des analyses des résultats obtenus : des renseignements partiels ainsi communiqués seraient de nature à produire de fâcheuses conséquences, pouvant induire en erreur, ou servir certaines fins qui n'ont rien de commun avec la confection du recensement et qui peuvent lui être préjudiciables : c'est au Département lui-même auquel reviendra la tâche de faire connaître les résultats obtenus ; en ceci, comme en toute autre matière, les officiers employés au recensement doivent apporter, à l'accomplissement de leurs fonctions, la discrétion qui doit caractériser les actes d'hommes appelés à remplir des devoirs importants et d'une nature délicate.

Les études préliminaires nécessaires à chaque employé du recensement doivent être terminés avant l'époque fixée pour le commencement des travaux proprement dits du dénombrement, afin que chacun soit préparé à l'avance à résoudre les difficultés qui peuvent se présenter, en s'aidant du Manuel et du Tableau-Exemple qui doivent les accompagner partout.

En commençant le travail du dénombrement, l'énumérateur doit consacrer un peu plus de temps qu'il ne lui en faudra quelques jours plus tard, cela étant nécessaire, au début, à la bonne exécution de ses entrées.

Si l'énumérateur se voit en présence d'une difficulté tout à fait exceptionnelle et non prévue, il devra alors loger une note dans la colonne des remarques, donnant l'explication des entrées qu'il a faites sous les circonstances.

Tous les documents expédiés aux Officiers, aux Commissaires et aux Énumérateurs, sont de leur nature privés, à l'exception, naturellement, de " l'Acte du recensement " et des documents publiés dans la *Gazette du Canada.*

CHAPITRE IV.

DES TABLEAUX

Remarques Générales.

Les neuf tableaux préparés pour le recensement forment une série régulière, dont chaque tableau doit être pris à son ordre à chaque visite de l'énumérateur. Ces tableaux sont imprimés sur un papier spécialement confectionné pour cet objet et portant en filagramme, les mots " Canada First Census " ; ces soins pris indiquent quelle attention les énumérateurs doivent apporter à remplir ces formules. Les écritures doivent être faites avec de bons matériaux et les cahiers tenus en parfait ordre ; il n'est point permis de les rouler, encore moins de les plier.

Les cahiers seront accompagnés, pour chaque énumérateur, d'un portefeuille sans lequel on ne doit pas les transporter. L'énumérateur, après l'accomplissement de ses fonctions, devra remettre le tout, portefeuille et cahier, en bon ordre au commissaire, et le commissaire à son tour devra remettre le tout au Département, pour faire partie des archives.

Comme les énumérateurs et les commissaires n'ont point à s'enquérir du résultat final du recensement, ils ne devront point faire les additions, ni rien inscrire sur les lignes destinées à cet effet, au bas des colonnes ; ces lignes sont ainsi placées pour le travail des compilateurs. Les corrections anticipées par la loi, n'ont rapport qu'à l'enregistrement des faits et doivent être exécutées, si besoin en est, en la manière plus loin prescrite, par l'énumérateur ou l'énumérateur et le commissaire conjointement.

Chacun des neuf tableaux doit être paginé séparément et

par lui-même, dans l'ordre régulier 1, 2, 3 etc, et sans interruption. Le tableau No. 1 contiendra nécessairement un beaucoup plus grand nombre de pages que tous les autres, et le tableau No. 2 un moindre nombre.

On corrigera les erreurs commises (elles seront très rares si l'on apporte au travail le zèle et l'attention nécessaires) par un léger trait de plume passé sur l'entrée erronée, les corrections et additions devant être insérées entre les lignes, ayant le soin de ne jamais faire disparaître ni d'oblitérer, de façon à les rendre illisibles, les entrées une fois faites.

On ne doit jamais gratter le papier pour aucune correction.

Chaque entrée devra être faite dans sa colonne propre et l'écriture et les chiffres ne doivent pas empiéter sur les espaces voisins dans le tableau : on aura aussi le soin de mettre les chiffres en lignes régulières d'unités, de dizaines, de centaines, etc., afin de faciliter le travail de compilation.

L'énumérateur devra visiter personellement chaque résidence et chaque établissement de sa division. Dans chacune de ses visites, il devra lire l'entête de chaque colonne de chaque tableau, à l'exception des tableaux que l'on mentionnera plus loin. L'énumérateur ne doit prendre pour admis ni supposer que la personne qu'il interroge peut seulement donner des réponses aux questions demandées par les entêtes d'une partie des tableaux ; il doit poser chaque question et, comme preuve de ce qu'il a suivi à la lettre les instructions qui lui sont ici données, il lui est ordonné de faire une entrée à chaque colonne dans chaque cas, que la réponse soit affirmative ou négative, en la manière ci-après prescrite et illustrée dans le Tableau-Exemple.

L'exception dont on a parlé concerne le second, le sixième et le neuvième tableaux, qui ont trait aux *décès*, aux *établissements industriels* et aux *produits minéraux*, dans lesquels on est exempté de faire lecture de toutes les questions et d'insérer une entrée, sur la réponse négative à la question : " Quelqu'un est-il mort dans la famille durant les derniers douze mois ?" ou bien aux questions : " Possédez-vous quelqu'établissement industriel" ou " Avez-vous des produits minéraux à enregistrer ?"

Toutefois, dans les cas des "établissements industriels " et des " produits minéraux," l'énumérateur devra se rappeler qu'un grand nombre de cultivateurs et autres possèdent, en dehors de leur industrie ordinaire, un four à chaux, un moulin à scie, une tannerie etc., ou bien exploitent des carrières et s'adonnent à des opérations minières, même à l'extraction de l'or.

Dans le cas d'un pensionnaire domicilié dans une famille qui n'est pas la sienne, lequel exerce une industrie ou s'occupe d'une exploitation séparée de celle de la famille, on doit inscrire ses propriétés et ses produits séparément : dans le cas de productions communes ou associées on ne doit faire du tout qu'une seule entrée.

Pour éclaircissement, disons que le tableau No. 1 contiendra autant de lignes écrites qu'il y aura de personnes vivantes à inscrire ; le No. 2 autant de lignes qu'il y aura eu de décès pendant les derniers douze mois ; le No. 3 autant de lignes qu'il y aura de visites de familles, de producteurs ou propriétaires distincts et d'institutions publiques ; le No. 4 autant de lignes que de familles et de producteurs distincts ; le No. 5 de même ; le No. 6 autant de lignes qu'il se rencontrera d'établissements industriels dans la division de l'énumérateur ; le No. 7 autant de lignes que de familles visitées et de producteurs distincts ; le No. 8 de même ; le No. 9 autant de lignes que l'on rencontrera de chefs de familles, de producteurs ou d'agents de compagnies faisant l'exploitation des mines ou des carrières.

Comme certaines abréviations sont nécessaires et d'autres utiles pour ménager le temps, il importe de donner quelques règles sur le sujet :

Pour toutes abréviations composées d'une seule lettre, on devra faire usage de lettres majuscules, par exemple : "M." pour masculin, "F," pour féminin, " M," pour mariés, "V," pour en veuvage :

Le signe négatif, qu'on doit inscrire dans les colonnes chaque fois qu'il n'y a rien à entrer ou que la réponse "Non" sera donnée à la question posée, se fera par un trait— :

Le signe affirmatif, équivalant à la réponse " Oui ", et marquant que la matière de la réponse fait partie des faits à enregistrer, s'inscrira en posant le chiffre 1 :

On pourra faire usage du guillemet pour signifier répétition du renseignement : ce signe donc équivaudra aux mots *idem* ou *ditto* ; mais ce signe ne doit pas apparaître à une page subséquente, sans la répétition, en tête, du mot qu'il représente.

Récapitulation des signes conventionnels :

    — Non, rien, inconnu, non constaté.

    1 Oui, à être compté.

    " Idem ou ditto.

Les mois de calendrier, qui doivent être inscrits dans les colonnes des naissances, mariages et décès, peuvent l'être au moyen des abréviations suivantes ; pourvu qu'elles soient faites avec le plus grand soin :

Jan. pour Janvier	Jull. pour Juillet
F. pour Février	Aot. pour Août
Mrs. pour Mars	S. pour Septembre

Av. pour Avril	O. pour Octobre
Mi. pour Mai	N. pour Novembre
Ju. pour Juin	D. pour Décembre.

On peut se servir des abréviations suivantes, en lieu et place des noms des Provinces :

| O. pour Ontario | N. E. pour Nouvelle-Ecosse |
| Q. pour Québec | N. B. pour Nouveau-Brunswick |

Les informations qui font la matière de ce recensement sont limitées aux chiffres de la population, aux renseignements sur les naissances, mariages et décès des douze derniers mois, au dénombrement de la propriété possédée et de la propriété occupée à l'époque du recensement et à l'exposé de la production des douze derniers mois. Conséquemment, les données fournies pour chaque famille ne doivent la représenter qu'en sa qualité de propriétaire ou de producteur et, de ce dernier chef, les quantités produites doivent être inscrites au grand total, comprenant les quantités consommées à la maison, tout aussi bien que les quantités vendues, exportées ou encore en grenier.

Quelques exemples suffiront à rendre plus clair ce qui précède :—

Un cultivateur a produit 500 minots de blé, dont il a consommé 100 minots, vendu 200 minots et dont il détient 200 minots ; il devra faire inscrire 500 minots, attendu qu'il ne doit apparaître ici ni comme consommateur, ni comme vendeur, ni comme grenetier, mais tout simplement comme producteur. Un marchand, qui aurait acheté les 200 minots vendus par ce cultivateur, n'aurait rien à inscrire de ce titre ; mais s'il était lui-même, en même temps que marchand, producteur de 300 minots de blé recueillis sur sa terre, il aurait à faire inscrire 300 minots.

Un industriel, disons un fabricant drapier, a confectionné durant les derniers douze mois 10,000 verges d'étoffes ; il devra faire inscrire 10,000 verges, sans égard aux quantités vendues non plus qu'aux quantités en magasin.

Un marchand n'a rien a faire inscrire dans les tableaux du recensement en sa qualité d'acheteur ou de vendeur d'articles qu'il n'a pas produits, pas plus que l'expéditeur n'a à faire inscrire les produits qu'il a simplement transportés ; mais si l'un ou l'autre a produit lui-même des articles de consommation ou d'usage, il doit en faire inscrire la quotité.

A l'exception du dénombrement des propriétés mobilières et immobilières mentionnées dans le tableau numéro 3, et, sous le titre " Navigation," dans le Tableau, No. 8, tout ce qui a trait à l'exploitation et à la production doit être enregistré sur place, c'est-à-dire à l'endroit même où s'est opéré la production, l'extraction ou la confection, avec renvoi au Tableau No. 1, référant à la personne qui a donné les renseignements, que cette personne soit le propriétaire ou le producteur lui-même, ou également le représentant ou l'em-

Le commissaire de chaque district remplira les blancs de la première page du tableau No. 1, en y insérant les noms de la province, du district, du sous-district et de la division de recensement avec le nom de l'énumérateur concerné. Ces premiers blancs étant remplis par le commissaire, il sera du devoir de l'Énumérateur, aussitôt après la réception des tableaux, de terminer ce travail, en remplissant les autres blancs de chaque page de chaque tableau et en faisant la pagination de chaque cahier.

Les commissaires et énumérateurs devront remettre (ces derniers aux commissaires et ceux-ci au Département) chaque feuille et chaque page des tableaux d'exécution qui leur auront été délivrés, que ces pages aient été remplies ou non, qu'elles aient été endommagées ou non, exactement le nombre de pages qu'on aura reçu.

Les tableaux retournés au Département sont des originaux, dont on ne doit pas faire de copies.

Toute infraction à cette règle sera prise comme une présomption d'erreur.

Les commissaires et les énumérateurs, dans la transmission et l'usage des tableaux, doivent prendre toutes les mesures nécessaires pour les mettre à l'abri des éléments ou de toute autre cause d'altération, et pour les soustraire à l'ingérence ou à l'inspection de toute autre personne que les officiers préposés à cet effet.

Quand deux ou plusieurs énumérateurs sont nommés pour le même sous-district, le commissaire doit désigner ces divisions par le mot et le chiffre division 1, division 2, etc., etc., et dans son rapport final, il devra donner une description topographique de chacune. Quand, d'autre part, un énumérateur est nommé pour deux ou plusieurs sous-districts, le commissaire doit lui fournir un nombre proportionné de séries de tableaux, chaque série ayant son portefeuille distinct.

L'énumérateur doit inscrire, à la colonne des remarques du tableau No. 1, en terminant les travaux de chaque jour, la date et son nom, sur la ligne du dernier nom enregistré, comme indiqué dans le Tableau-Exemple :

CHAPITRE V.

INSTRUCTIONS SUR CHAQUE TABLEAU

TABLEAU No. 1.

Dénombrement des vivants.

Ce tableau est celui qui doit établir le chiffre de la population, enregistrée nom par nom, famille par famille, en par l'énumérateur allant de maison en maison. La population doit être dénombrée telle qu'existant au 2 Avril 1871.

Colonne 1. Ici doit être enrégistré tout navire servant de séjour ou de domicile à une famille ou à bord duquel il se trouve quelques personnes, appartenant à notre population, mais sans domicile à terre ou sans rapport avec aucune famille domiciliée au pays. Lorsqu'on fait ici l'enregistrement d'un navire comme domicile il faut avoir soin de s'assurer que la même entrée n'a pas été faite ailleurs. Chaque navire ainsi enregistré doit l'être dans l'ordre des visites de 1 jus· qu'au dernier pour chaque division d'énumérateur. Il ne faut pas oublier, toutefois, que si l'énumérateur est chargé de plus d'un sous-district il doit agir comme tout officier remplissant des offices distincts.

Colonne 2. Ici doivent entrer les habitations temporaires, telles que *chantiers, huttes, cabanes,* occupées une partie de l'année, aussi dans l'ordre des visites.

Colonnes 3 et 4. Ici doivent être enregistrées respectivement les maisons en construction et les maisons inhabitées, à mesure que l'énumérateur les rencontre : avec ceci de particulier, que la ligne sur laquelle le chiffre est inscrit importe peu attendu qu'il n'y a aucun rapport entre cet enregistrement et les noms et autres renseignements des autres colonnes du tableau.

Lorsque ces maisons, en construction ou inhabitées, se rencontrent en rangs et contigues, comme c'est souvent le cas dans les villes, alors l'enregistrement doit se faire en inscrivant le chiffre indicatif du nombre collectif 2, 5, suivant le cas, et quand une seule, le chiffre 1.

Colonne 5. Ici doivent être enregistrées les maisons habitées dans l'ordre des visites, consécutivement de 1 à la fin de la série pour chaque division d'énumérateur. Une maison peut contenir plusieurs familles, mais il faut toujours dans ce cas n'enregistrer qu'une maison : pour constituer deux ou plusieurs maisons d'une construction contigue, il faut que chaque partie, ainsi prise pour une maison séparée, ait une porte de dehors et n'ait point de porte de communication constante de l'une à l'autre dans l'intérieure.

Colonne 6. Dans cette colonne on doit enregistrer le nombre de familles visitées, dans l'ordre des visites, en numérotant 1, 2, 3, etc., sans interruption jusqu'à la fin.

Colonne 7. Les noms de tous les membres de chaque famille qui n'ont point eux-mêmes un domicile fixe, constant et permanent ailleurs doivent être enregistrés dans cette colonne, en la manière suivante illustrée par le Tableau-Exemple :—

Talbot Pierre
"   Sara

En inscrivant d'abord le nom de famille, puis le nom de baptême.

Colonne 8. Le sexe est enregistré dans cette colonne par l'insertion de la lettre M pour masculin, F pour féminin.

Colonne 9. Les entrées dans cette colonne ne demandent point d'autres explications que celle qui a trait à l'enregistrement de l'âge des enfants au-dessous d'un an, lequel devra se faire en insérant autant de fractions d'un an que l'enfant a de mois d'existence, ainsi : $\frac{1}{12}$ $\frac{2}{12}$ $\frac{3}{12}$ jusqu'à $\frac{11}{12}$ tel qu'illustré dans le Tableau-Exemple.

Colonne 10. Les enfants nés dans les douze derniers mois et vivants, dont le nom par conséquent doit être inscrit à la colonne 7, seront le sujet d'une entrée dans cette colonne : cette entrée se fera en inscrivant le mois de la naissance, comme on peut le voir dans le Tableau-Exemple.

Colonne 11.—n'a pas besoin d'explications : l'information requise doit être entrée en inscrivant le mot "France " " Angleterre" " Allemagne" " Q" " N. E," etc., suivant le cas.

Colonne 12. En inscrivant la religion des personnes, l'énumérateur doit avoir soin d'entrer exactement la réponse telle que donnée : dans le cas d'une abréviation, le mot distinctif de la croyance religieuse doit être inscrit au long, tel qu'indiqué dans le Tableau-Exemple.

Il se rencontre des sectes religieuses qui portent à peu près le même nom, dans ce cas il est nécessaire de les bien distinguer, l'énumérateur aura donc le soin de le faire d'une manière claire et précise.

Il sera nécessaire cependant d'adopter des abréviations, nécessitées par l'espace, en ayant soin de rendre apparent le mot principal, exemple :

C. Presb. pour la religion Canadienne Presbytérienne.
R. Presb.   "   Réformée Presbytérienne.
W. Meth.   "   Wesleyenne Méthodiste.
Meth. N. C.   "   Méthodiste-Nouvelle-Connection.
I. Meth. E.   " Indépendante Meth. Episcopalienne.
F. W. C. Bapt. " *Free-will* Chrétienne-Baptiste.

Et ainsi pour toute autre secte désignée par une phrase trop longue à écrire.

Colonne 13. L'origine des familles et des individus doit-être inscrite telle que donnée par le chef de famille ou la personne interrogée comme suit : Anglaise, Irlandaise, Ecossaise, Africaine, Sauvage, Allemande, Française etc., ainsi qu'illustré par le Tableau-Exemple.

Colonne 14. La profession, le métier ou l'occupation, doivent être aussi inscrits tels que donnés. Quand deux professions sont pratiquées par la même personne, on peut les inscrire toutes deux, ou n'en inscrire qu'une selon l'avis de la personne elle-même. Les enfants qui suivent la profession de leur père ou lui sont associés doivent porter la même indication. Par exemple : Un fils de cultivateur travaillant avec son père doit-être désigné comme " Cultivateur," le fils d'un charpentier comme " Charpentier." Les jeunes gens étudiant une profession ou apprenant un métier, doivent être désignés dans cette colonne comme suit : " Etud : en médecine " — " Etud : en loi, " — " Apprenti forgeron " et ainsi de suite. Les élèves des maisons d'éducation peuvent être désignés sous le nom générique d'étudiants.

Quand à ce qui regarde les femmes, à moins qu'elles n'aient une occupation distincte à part des travaux de la maison, elles doivent être désignées comme n'ayant pas de profession spéciale par le signe — ; il en est de même des enfants. Les femmes ayant une occupation spéciale, comme celle de couturière, de commis, d'employée de manufacture, doivent être désignées selon le cas.

Colonne 15. Les entrées dans cette colonne se feront en inscrivant la lettre " M, " pour marié, " V, " pour en veuvage et le signe —, pour tous les autres, y compris les enfants.

Colonne 16. Dans cette colonne devront être notés les mariés des derniers douze mois, en inscrivant le mois ainsi qu'illustré par le Tableau-Exemple.

A très peu d'exceptions près, l'entrée sera double dans les ménages, alors le signe " peut être écrit sous l'inscription du mois fait à la ligne du mari.

Colonne, 17, 18, 19, 20, 21, 22. Les entrées à faire dans ces colonnes s'expliquent suffisamment par les entêtes, et doivent s'inscrire en y mettant le chiffre 1. L'entête marquée " *Aliénés* " doit s'entendre de toutes les personnes complètement et évidemment privées de raison. Bien que l'aliénation soit une affliction comme une autre, l'énumérateur doit mettre une certaine délicatesse à faire cette question et ménager les préjugés des gens à ce sujet. On ne s'est pas préoccupé de faire ici une distinction entre les maladies mentales, attendu que les enquêtes de cette sorte, faites dans un recensement, ne peuvent amener que des résultats tout à fait sans valeur.

Colonne 23. Dans cette colonne, naturellement, l'énumérateur pourra entrer les remarques qu'il jugera nécessaires ; mais en général on ne doit pas être prodigue de ces remarques.

Dans cette colonne aussi, l'énumérateur devra entrer, chaque soir, la date du jour et sa signature, en écrivant le tout sur la ligne qui contient le dernier nom inscrit dans la journée, ainsi qu'indiqué dans le Tableau-Exemple.

TABLEAU No. 2.

Dénombrement des morts des derniers douze mois.

Ce tableau de la mortalité des douze mois précédant immédiatement la date fixée pour le recensement, est rendu nécessaire par l'absence de régistres pour la plus grande partie de la population du Canada. L'énumérateur devra mettre un soin particulier à s'enquérir dans chaque famille des morts arrivées dans les derniers douze mois, expliquant toujours qu'il faut faire rapport de toutes les morts, de celle de l'enfant nouveau-né, comme de celles arrivant à tous les autres âges.

On ne saurait trop insister sur ce point, attendu que la proportion de la mortalité à la population est un des critérium les plus certains de l'exactitude relative des retours de population. Les énumérateurs ne sont point requis de faire une entrée dans ce tableau No. 2 à chacune de leurs visites, mais ils doivent dans chaque famille s'assurer de la réponse à la question :—" Quelqu'un est-il mort dans cette famille durant le cours des derniers douze mois ?" pour alors faire une entrée régulière à chaque colonne, dans le cas d'une réponse affirmative ; comme on peut le voir dans le Tableau-Exemple.

Colonnes 1, 2, 3, 4, 5, 6, 7, 8, 9 et 10. Les entrées dans ces colonnes doivent se faire exactement de la même manière que les entrées correspondantes du tableau No. 1.

Il est peut être bon d'expliquer que les colonnes 4 et 9 du tableau No. 2, complètent les colonnes correspondantes 10 et 16 du tableau No. 1, les deux renseignements étant nécessaires pour former le total des naissances et des personnes mariées dans les douze mois précédant le recensement.

Colonne 11. Lorsque la mort a été causée par un accident ou par une maladie bien connue, comme la picotte, la consomption, la débilité des vieillards etc., il n'y a aucun embarras à constater le fait ; mais dans beaucoup de cas il est extrêmement difficile et quelquefois impossible de déterminer la cause de la mort. Les énumérateurs doivent toutefois faire de leur mieux sans perdre trop de temps et sans essayer de faire de la nomenclature médicale. Les entrées à faire doivent être aussi courtes que possible. En l'absence de renseignements provenant d'un médecin, on pourra se contenter de renseignements généraux comme les suivants : " Maladie du cœur," " Maladie du cerveau," " Maladie des intestins," etc. Lorsqu'il n'y a rien d'àpeu-près certain sur la maladie, il vaut mieux insérer le signe --, qui alors veut dire non constatée.

Colonne 12. Cette colonne des remarques ne doit occuper l'énumérateur que lorsqu'il a quelque chose de véritablement important à y insérer, ou quelqu'explication à y faire.

TABLEAU No. 3.

Etablissements publics, Propriétés foncières, Voitures et Instruments d'Agriculture.

Ce Tableau a deux objets en vue, lesquels sont réunis ici pour raison d'espace, l'un est l'enregistrement des renseignements relatifs aux Institutions du pays, l'autre l'établissement des faits qui concernent l'étendue et la répartition de la propriété immobilière et mobilière. Ce Tableau est divisé en quatre sous-titres, nommément : " Renvoi au Tableau No. 1, " " Institutions Publiques, " " Propriétés Foncières, " " Voitures et Instruments d'Agriculture. "

Colonnes 1 et 2. Ces colonnes sont pour renvoi à la page et au numéro d'ordre de chaque ligne du Tableau No. 1 ; dans le but d'épargner la peine de répéter les noms.

Prenons pour explication la première entrée, faite au Tableau-Exemple No. 3. " Page 1, " " Numéro 1 " renvoient au nom de Jones Guillaume, le premier nom inscrit à la page 1, ligne 1, du Tableau No. 1. Les choses qui concernent la personne de l'individu désigné se rencontrent au premier tableau : dans le présent Tableau No. 3, nous apprenons de plus qu'il possède 200 arpents de terre, une maison, deux granges, etc., etc. La seconde entrée dans les mêmes colonnes nous reporte encore à ce même Guillaume Jones, mais en rapport avec une Eglise Méthodiste Episcopalienne, attendu que ce Monsieur Jones, étant de la religion Méthodiste, est la personne dont l'Enumérateur a reçu les renseignements suivants, savoir : que l'Institution en question possède un édifice dans lequel personne ne réside et auquel sont attachés trois arpents de terre ; le renvoi au Tableau No. 1 dans ce dernier cas n'étant fait que pour authentiquer le renseignement.

Autre cas : la cinquième entrée au tableau No. 3, du Tableau-Exemple ayant rapport à une *école commune* renvoit à la page 1, numéro 15, du Tableau No. 1, où nous trouvons le nom de Biddell Lucinda, une Institutrice qui, n'ayant point de domicile à elle, est enregistrée dans la famille de Charles Russell, hôtellier et négociant ; le renvoi dans ce cas est fait pour authentiquer les renseignements concernant l'école en question, attendu que c'est d'elle, Lucinda comme étant la meilleure autorité, que l'Enumérateur a obtenu les informations consignées dans son tableau.

Encore un autre cas : les entrées 12 et 13 dans le Tableau No. 3, renvoient au nom de Ellis François, inscrit à la ligne 14, de la page 2, du Tableau No. 1. Nous trouvons là que cet individu est régisseur, et dans le Tableau No. 3, à la ligne 12, il répond pour lui-même en tant que propriétaire de trois emplacements de ville, tandis qu'au numéro 13 de ce même Tableau, il répond pour la " *Compagnie des Mines de Charbon, et de Navigation,* " dont il est le régisseur ; ce renvoi étant pour authentiquer le renseignement que cette Compagnie possède dix édifices, dans lesquels il y a vingt résidents, et possède de plus 2,000 arpents de terre, etc.

Tous les renvois au Tableau No. 1, au moyen des colonnes 1 et 2, tombent sous l'effet des mêmes explications, pour les six tableaux dans lesquels ils se rencontrent et le tout paraîtra de facile intelligence par l'examen du Tableau-Exemple.

Colonnes 3, 4 et 5. Ces colonnes ne concernant que les Institutions, on doit y entrer le signe négatif —, chaque fois qu'il s'agit de renseignements relatifs aux individus, en la manière indiquée dans le Tableau-Exemple.

Dans la colonne 3, on doit inscrire les noms de toutes les Institutions publiques qui autrement échapperaient à l'enregistrement ; ici donc doivent être inscrits les Eglises, les Couvents, les Universités, les Colléges, les Académies, les Ecoles de toute sorte, les Asiles, Refuges et Hôpitaux publics ou particuliers, les Institutions de charité et de bienveillance, les Prisons et autres Institutions Pénales, comme aussi les Institutions Commerciales telles que Banques, Compagnies à fonds social, etc., etc. Toutes telles et autres Institutions doivent être enregistrées par l'énumérateur de la division où telles Institutions sont localisées ; dans le cas d'Institutions attachées à une organisation religieuse, telle qu'église, par exemple, on doit faire mention de la religion concernée.

Quand un énumérateur rencontre un édifice formant le local d'une institution ~tel qu'une école ou une église, n'ayant point d'habitants, il doit s'enquérir, de la personne la plus compétente du voisinage, des faits qu'il a à enregistrer, en faisant renvoi au nom de cette personne au Tableau No. 1.

La colonne 4 est destinée à l'enregistrement du nombre des édifices ou bâtiments attachés aux institutions.

Dans la colonne 5, on doit entrer le chiffre donnant le nombre des personnes qui habitent ordinairement les édifices 'e l'Institution ; dans un pensionnat par exemple, le nombre total des directeurs, pensionnaires et domestiques, sans inclure les élèves qui ne fréquentent ces institutions que pendant le jour. L'information requise ici n'a rien à faire avec la question du domicile, attendu que les chiffres inscrits dans cette colonne ne doivent pas entrer comme partie constitutive du chiffre total de la population.

Les renseignements qui doivent entrer dans toutes les autres colonnes de ce tableau se rapportent aux familles et aux institutions publiques, comme on peut le voir par l'examen du Tableau-Exemple : les additions de ces colonnes étant destinées à produire pour résultat le grand total de la propriété immobiliaire et mobiliaire possédée en Canada, en autant que les questions posées sont destinées à l'établir.

Colonne 6. Les chiffres à entrer dans cette colonne doivent représenter le nombre total d'arpents de terre, possédés par la personne ou l'institution dont il s'agit, sans égard à la situation de ces arpents de terre sur le territoire canadien, attendu qu'on entend ici établir le fait de la division proportionnelle de la propriété dans le pays, pris comme un tout. Supposons pour exemple un individu résidant à Halifax et possédant 1000 arpents de terre dans chacune des quatre Provinces principales de la confédération (que ces terres soient cultivées ou incultes, il n'importe), l'entrée dans la colonne devra se faire en inscrivant le chiffre 4000.

Colonnes 7, 8, 9, 10, 11, 12, 13, 14, 15, 16, 17 et 18. La remarque qui précède s'applique également à toutes ces colonnes, qu'il s'agisse des individus ou des institutions.

Toutes les propriétés appartenant à une même famille doivent être enregistrées par une seule entrée ; les propriétés des mineurs avec celles de leurs tuteurs ; les propriétés indivises, possédées par plusieurs institutions ou plusieurs familles, doivent être entrées par parts, de manière à ne courir le risque ni de les omettre, ni de les enregistrer deux fois.

L'étude attentive de ces lignes aidée du Tableau-Exemple, les enseignements de vive voix des Officiers et des Commissaires rendront comparativement facile l'intelligence de ces matières qui apparaissent, à première vue, entourées de complications difficiles.

Tableau No. 4.

Terres cultivées, Produits des champs, Plantes et Fruits.

Le tableau précédent était destiné en partie à l'enregistrement de la propriété foncière, en tant que constituant les héritages, sans égard à la localisation et à l'occupation, dans ce Tableau No. 4, au contraire, on devra enregistrer les terres en tant qu'occupées et situées dans la division de l'énumérateur en exercice.

Ce tableau, qui doit contenir le rapport des produits de la culture du sol, est tout naturellement le plus chargé de tous ; mais comme les matières qui y sont concernées sont de celles que tout le monde connait, il est probable qu'on ne rencontrera aucune difficulté sérieuse dans l'exécution.

Les énumérateurs ne doivent pas oublier que beaucoup des objets mentionnés dans les têtes des colonnes sont souvent produits par des familles n'appartenant point à la classe des cultivateurs proprement dite, cette production se faisant sur des lopins de terre, emplacements ou dans des jardins attachés aux maisons, même au sein des grandes villes ; les quantités ainsi produites ne doivent point être omises, malgré leur insignifiance apparente comme détail.

Colonnes 1 et 2, sont destinées au renvoi ordinaire au Tableau No. 1.

Colonnes 3 et 4. Il est quelquefois impossible de remplir ces colonnes à cause de l'absence des désignations y indiquées, dans ces cas il faut entrer le signe négatif—; mais toutes les fois qu'il est possible d'obtenir le renseignement il faut se donner garde de l'omettre.

Dans la province de Québec quelquefois les rangs ou concessions sont désignés par des noms au lieu de chiffres ; en pareil cas on peut inscrire l'indication en plaçant le nom de la concession en long de la colonne, tel que par exemple " *Côte St. Antoine,* " " *Le Beau Séjour,*" etc., etc, en ayant soin d'indiquer où le rang commence et où il finit.

Colonne 5. Dans cette colonne on doit entrer la qualité de l'occupant, en tant que lié avec l'exploitation de la propriété : (qu'il s'agisse d'un individu ou d'une compagnie, il n'importe); si le propriétaire, en inscrivant la lettre "P"; si locataire ou fermier la lettre " L "; si régisseur ou employé la lettre " E."

Colonne 6. Dans cette colonne on doit entrer le nombre d'arpents de terre occupés, sans égard au nombre d'arpents de terre possédés à distance. Par exemple, un individu peut être le propriétaire de 2,000 arpents de terre, qui cependant n'a que 100 arpents à enregistrer ici, étant le total des arpents personnellement occupés par lui dans la division. Ces 2,000 arpents ayant été l'objet d'une entrée spéciale dans le tableau précédent.

Colonne 7. Les arpents de terre améliorés s'entendent de ceux sur lesquels un travail de quelqu'importance a été fait ; tels que seraient le serpage ou les abattis des bois, le fosseyage et autres travaux faits dans les marais ou les terres de prairies naturelles.

Colonne 8 n'a pas besoin d'explication.

Colonne 9. Ce renseignement se rapporte aux terres de battures, qui se présentent dans les provinces de Québec, de la Nouvelle-Ecosse et du Nouveau-Brunswick.

Colonne 10. Dans cette colonne on doit entrer les jardins et vergers de tout espèces par arpent, en ayant soin de n'entrer d'autres fractions de l'unité d'arpent que les suivantes : $\frac{1}{4}$, $\frac{1}{2}$, $\frac{3}{4}$.

Colonnes 11, 12, 13, 14, 15, 16, 17, 18, 19, 20, 21, 22, 23, 24, 25 *et* 26. Les ent'tes de ces colonnes n'ont pas besoin d'explication. Dans les districts français de la province de Québec, où l'arpent et le minot sont les mesures en usage, l'énumérateur fera son entrée d'après ces mesures ; la réduction en sera faite avec le travail de compilation.

Colonne 27. L'entrée dans cette colonne pourra être faite soit par tonneaux ou par bottes comme dans le dernier recensement de la province du Canada ; la quantité portée permettant toujours de juger de la mesure employée ; la réduction en sera aussi faite dans le Département ; car il est important, au point de vue de l'économie du temps et pour plus d'exactitude, d'épargner autant que possible les calculs de ce genre aux énumérateurs.

Colonnes 28, 29, 30, 31, 32, 33, 34, 35 *et* 36 ne demandent point d'explication.

TABLEAU No. 5.

Animaux vivants, Produits, animaux, Etoffes de ménage et Fourrures.

Colonnes 1 *et* 2, se rapportent au renvoi ordinaire au Tableau No. 1.

Les entêtes de ce tableau ont trait à des choses si simples et si faciles à classifier qu'il est inutile de donner d'explication spéciale sur aucune des trente-deux colonnes qu'il contient, à l'exception des deux courtes remarques suivantes : le *fromage de ménage*, mentionné dans la colonne 15, est ici inscrit comme distinct du fromage fabriqué dans les fromageries industrielles, de même que les *étoffes de ménage* sont ici comme distinguées des étoffes fabriquées dans les manufactures. A la colonne 18, il faudra insérer, comme étoffes de laine, les couvertures, châles et autres objets de cette espèce.

TABLEAU No. 6.

Etablissements industriels.

Ce tableau est un des trois pour lesquels les énumérateurs sont exempts de faire une entrée pour chaque famille. Il n'y a pas non plus de renvoi au Tableau No. 1, attendu que chaque enregistrement se rapporte exclusivement à un établissement industriel et que, dans chaque cas, le nom du propriétaire ou de la compagnie doit être inscrit.

Par établissement industriel, on entend un local quelconque dans lequel une ou plusieurs personnes sont employées à transformer une matière quelconque en article d'usage ou de consommation, sans égard à la valeur de l'établissement et de ses produits.

Un four à chaux, une fromagerie à part d'une ferme, un chantier de construction de navires, une fabrique d'acide sulfurique, un moulin quelconque, une marbrerie, une poterie, une fonderie, une manufacture de roues ou de voitures, une charcuterie, une raffinerie, une manufacture de draps, une usine quelconque, tout aussi bien que les boutiques de cordonniers, de selliers, de tailleurs, de forgerons, de menuisiers, de charpentiers, etc., etc., sont tous des établissements industriels. Dans les produits de tous ces établissements on doit enregistrer la valeur des travaux ordinaires de réparation et de raccommodage. Il va sans dire que la valeur du travail des ouvriers employés à gage ne doit pas être enregistrée à part, attendu que cela fait partie des produits de l'établissement qui les emploie.

Tout établissement industriel doit être enregistré dans la division d'énumération dans laquelle il se trouve situé : la production est essentiellement liée avec la localité qui produit.

Peu importe à qui appartient la matière première transformée et à quel compte se fait l'opération ; il importe aussi peu que l'industrie soit profitable ou coûteuse : le fait à consigner est celui de savoir quelles quantités de matières premières ont changé de forme et la valeur que cette transformation y a ajoutée.

Les entrées dans les colonnes 2, 3, 9, 14 *et* 17, doivent être faites en piastres sans fractions de piastres. Les gens employés dans l'établissement peuvent être tout simplement le chef ou divers membres de la famille du propriétaire, comme c'est le cas pour la plupart des gens de métier, menuisiers, forgerons, cordonniers, tailleurs, etc., etc. (surtout à la campagne); dans d'autres cas le propriétaire et sa famille peuvent n'y point travailler du tout. Dans certains cas les matériaux ou les articles manufacturés sont tellement nombreux qu'on ne doit pas essayer d'entrer dans les détails ; toutes ces circonstances se trouvent illustrées dans le Tableau —Exemple No. 6, pages 1 et 2. Les mots "*pieds, mesure de planche*" s'entendent de la superficie de bois scié compté d'un pouce d'épais ; par exemple, 1,000 pieds de mesure de planche équivalent à *un cent* de planches du Bas-Canada.

Il n'y a pas d'autre remarque particulière à faire sur ce tableau.

5

Tableau No. 7.

Produits des forêts.

Il ne s'agit dans ce tableau que de l'extraction des bois, les renseignements relatifs à leur transformation en planches, en madriers ou en articles quelconques faisant partie des sujets du tableau précédent. La raison de cette distinction est évidente et s'applique également aux produits des champs : de la même manière que l'on enregistre sur place, à l'endroit de la production, le nombre de livres de laine, de même on enregistre à l'endroit de la production les bois extraits de la forêt : la question de la transformation de ces matériaux, laquelle s'opère souvent à une très grande distance du lieu de production ou d'extraction, est le sujet du Tableau No. 6. Dans ce dernier cas il ne faut pas se préoccuper de la double entrée de ces objets comme matière première et comme articles manufacturés, les deux tableaux devant être traités comme sujets distincts dans le travail de compilation.

Ici comme toujours on doit enregistrer le grand total des quantités extraites ; et cela doit se faire au lieu même de la production sans égard à la présence ou à l'éloignement de celui qui aurait pu fournir le capital, le renseignement étant donné par le cultivateur, s'il s'agit de bois extraits par cette classe de producteurs, ou bien par le contracteur, le contre-maître, etc, etc., s'il s'agit de l'exploitation forestière marchande.

Colonnes 1, 2, 3, 4, 5, 6, 7, 8, 9, 10, 11 *et* 12, ne demandent aucune explication spéciale, bien qu'elles puissent donner assez de travail à l'énumérateur qui doit prendre grand soin d'enregistrer toute la production, soit que consumée sur place par le producteur lui-même, soit que vendue, soit que mise en réserve ou se partageant entre ces diverses catégories.

Colonnes 13 *et* 14. La manière de mesurer les billots, dans les diverses localités du Canada, varie tellement, d'un endroit à l'autre, qu'on a été forcé d'adopter un *étalon de recensement* pour l'enregistrement de cet article.

L'étalon de recensement est fait égal à un billot capable de produire 100 pieds superficiels de mesure de planche ; ce qui équivaut à la moitié de l'étalon adopté par le Département des Terres de la Couronne de la province d'Ontario, à 10 planches comme on compte dans le Bas-Canada et partie des Etats-Unis, et à la dixième partie de 1000 pieds, comme on compte dans la Nouvelle-Ecosse et le Nouveau-Brunswick.

Colonnes 15, 16, 17, 18 *et* 19. Ces colonnes ne demandent aucune explication spéciale. Encore une fois, dans tous ces retours il s'agit d'enregistrer le grand total des quantités extraites.

Tableau No. 8.

Navigation et Pêcheries.

Ce tableau est peut-être le plus difficile à remplir de tous, conséquemment l'énumérateur ne saurait prendre trop de soin à l'étudier d'avance et à se mettre au fait des circonstances de sa localité.

Colonnes 1 *et* 2, sont pour le renvoi ordinaire au Tableau No. 1.

Il faut remarquer que les cas sont nombreux en ceci, comme pour plusieurs des autres tableaux, dans lesquels une personne est concernée dans la partie du tableau relative à la *Navigation* et nullement dans celle qui a trait aux *Pêcheries* et *vice versà* ; le Tableau-Exemple indique la manière de faire les entrées.

Colonnes 3, 4, 5 *et* 6, sont sujettes aux mêmes explications comme suit :

Les mots " *Nombre de parts* " se rapportent aux dispositions du " *Merchant Shipping Act.*" qui s'applique à toute l'étendue de l'Empire Britannique. En vertu de cet acte, tout navire ou bâtiment, petit ou grand, se divise en 64 parts ; c'est donc le nombre de parts possédées qu'il s'agit d'enregistrer ici. Il est facile de voir que par les renvois successifs au Tableau No. 1, d'un coté, et le nombre de parts enregistrées de l'autre, on aura obtenu à la fois le nombre de gens étant propriétaires de navires, dans chaque localité, et le nombre de navires possédés par des Canadiens.

Chaque fois qu'un individu possède un ou plusieurs bâtiments en totalité, (Trois-mâts, Bricks, Goëlettes peu importe,) on doit enregistrer le chiffre produit par la multiplication de 64 par le nombre des bâtiments ainsi possédés. Pour la même raison, dans le cas d'un individu possédant partie d'un ou plusieurs bâtiments, le chiffre à enregistrer est le chiffre additionné du nombre des parts qu'il possède.

Dans les cas où la personne questionnée, ne comprenant point cette manière de compter, ferait rapport qu'elle possède un bâtiment (une goëlette par exemple), alors l'énumérateur posera 64, si deux bâtiments, il posera 128 parts. Si on faisait rapport qu'on possède la moitié d'un bâtiment quelconque l'énumérateur posera 32, si un quart, il posera 16.

Le tonnage dont il s'agit à la tête des colonnes, est le tonnage possédé, c'est-à-dire le tonnage constitué par le nombre de parts enregistrées ; par exemple : un propriétaire de navire qui possède 32 parts d'un bâtiment de 1000 tonneaux, doit enregistrer le chiffre 500 comme tonnage possédé ; celui qui posséderait 16 parts d'un bâtiment de 50 tonneaux, ferait enregistrer 12½, comme tonnage.

Dans le cas de personnes répondant pour des Institutions ou des Compagnies, il faudra faire les entrées comme il a été expliqué au Tableau No. 3, pour les propriétés immobiliaires et mobiliaires.

Colonne 7. Dans cette colonne au lieu d'entrer, comme pour les bâtiments de la grande navigation et du cabotage, le nombre de parts, on doit entrer le nombre de bâtiments et quand il s'agit de fractions possédées, on doit inscrire $\frac{1}{4}$, $\frac{1}{2}$, $\frac{3}{4}$, selon le cas. Le mot *Bateaux* inscrit en tête des *colonnes* 7 *et* 8, s'entend de tout espèces d'embarcations telles que, barges, bateaux plats, esquifs, bacs, etc., etc., employés aux transports ou à la pêche.

Colonne 8. Cette colonne est destinée à inscrire, comme le titre l'indique, la capacité exprimée en tonneaux de ces embarcations.

Dans le cas de compagnies de navigation, telles que la " *Compagnie du Richelieu,* " dont les membres ne sont point propriétaires de navires mais simplement détenteurs d'une partie du fonds social de la Compagnie, les rapports des bâtiments et embarcations possédés doivent être inscrits par l'énumérateur de la division de recensement où se trouve le bureau principal de la compagnie, parlant aux employés et accompagnant le tout d'une remarque.

Colonnes 9, 10, 11 *et* 12. Ici on doit enregistrer les bâtiments et embarcations employés à la pêche, en inscrivant le nombre de ces embarcations et le nombre des hommes qui les montent, comme illustré dans le Tableau-Exemple.

Il faut remarquer que les bâtiments et embarcations employés à la pêche, doivent se trouver enregistrés deux fois : dans les *colonnes* 3, 4, 5, 6, 7 *et* 8, comme propriétés, et dans les *colonnes* 9 *et* 11, comme spécialement occupés à la pêche. Les remarques faites relativement à la propriété foncière, en tant que possedée et en tant qu'occupée, s'appliquent au sujet maintenant en question.

Colonnes 13, 14, 15, 16, 17, 18, 19, 20, 21, 22, 23, 24, 25, 26, 27, 28, 29, 30, 31, 32, *et* 33 ne demandent aucune autre remarque que les quelques remarques générales qui suivent.

A l'exception de la morue, de l'aigrefin, de la barbue de mer et du merlan qui se comptent toujours par quintaux, tous les autres poissons devront être enregistrés par barils d'environ deux minots et demi, ou du poids moyen de 200 livres. L'énumérateur doit donc se préparer à faire la réduction des différentes mesures locales en barils, pour n'inscrire dans tous ces cas que cette dernière mesure.

On doit prendre un grand soin de ne rien omettre des quantités de poissons de n'importe quelle espèce, aussi bien des eaux intérieures que de la mer, en n'oubliant jamais d'enregistrer toute la quantité prise de n'importe quelle manière et sans égard à l'usage qu'on en a fait : le poisson consommé à la maison, employé pour appât ou boitte ou pour engrais tout aussi bien que le poisson préparé pour la vente.

On trouve sur la côte et sur les lacs et rivières des pêcheurs associés entr'eux "*à la part*" ; dans ces cas, l'énumérateur doit faire attention d'enregistrer toute la quantité de poissons prise, mais se garder de l'enregistrer deux fois.

Les énumérateurs des divisions de recensement considérablement intéressées dans le présent tableau doivent apporter à son exécution une attention toute particulière, à cause des quelques complications qu'elle présente.

Tableau No. 9.

Produits minéraux.

Ce tableau, le dernier de la série, est un des trois pour lesquels les énumérateurs sont exempts de faire une entrée pour chaque famille, alors que l'enregistrement doit être complètement composé de signes négatifs (les deux autres étant le No. 3 et le No. 6) ; mais en faisant la question générale (qui ne doit jamais être omise) : " avez-vous quelques produits des mines et des carrières à faire enregistrer ?" l'énumérateur doit avoir soin d'expliquer que l'extraction de la tourbe, du plâtre, du phosphate de chaux, de la pierre de taille, etc., etc..., fait partie des choses à enregistrer ici. On sait en effet que des cultivateurs et autres s'occupent d'opérations de ce genre, et même de l'extraction de l'or.

Les *titres* adoptés pour les *colonnes 5, 6 et* 7, comme indications de la richesse des minérais, sont tout à fait arbitraires et choisis pour commodité comme les plus convenables. Ainsi le titre du minerai de fer étant de 25 par cent, il résulte qu'une quantité quelconque de matière première capable de produire 1000 tonneaux de fer, doit être enregistrée par le chiffre 4000, sans égard au volume ni au poids de la matière extraite.

Il n'est pas nécessaire d'expliquer que dans ce tableau il ne s'agit que des matières premières ; la transformation de ces matériaux en articles d'usage ou de consommation étant le sujet du Tableau No. 6.

Dernières Remarques.

Les instructions et directions contenues dans ce Manuel et les Circulaires du Département obligent strictement tous les employés du recensement, chacun en sa qualité respective. Les dérogations à ces ordres pouvant devenir nécessaires, ne doivent point se présumer, un ordre spécial devant toujours intervenir et précéder l'action de l'officier du recensement en pareil cas. En d'autres termes, tout employé est tenu de rendre compte de l'exécution de ses devoirs, tels que prescrits par ce manuel et les circulaires, ou de justifier par la production d'une autorisation spéciale, tout acte qui n'y serait pas conforme.